ルオーのキリストの涙まで

渡辺めぐみ

思潮社

ルオーのキリストの涙まで

渡辺めぐみ

思潮社

目次

Ⅰ
夜勤　010
標的　014
遊撃　018
晴天　022
遥か　026
白いもの　030
跛行　034
始原　042
冬　ひらく　046
Ⅱ
娑婆　052
小笛記　056
バイアスチェック　060
紫　064

樹間戦争の頃 068
雪に引かれて 072

III

第十八棟 078
帰郷 082
四月の死角 084
遠景 088
定点 094
シリカゲル 096
軌道 100
空を向く 104

初出一覧 108

装画＝辻憲「星のなぎさ」

ルオーのキリストの涙まで

I

夜勤

木の股に堕ちてゆく陽
残照の短さが
通りがかりの犬の影を引き伸ばす
生まれはどちらですか
と犬の瞳に尋ねた
犬は逆巻く星の雲海に消えていった
今日こそはついてゆく
二十四時間開きっぱなしの

夜間郵便局に向き合う
療養型病床群を階上にいただく
病院の玄関へ
生まれはどちらですか
その問いはあたしと犬の隠語だ
生まれを知らないあたしだから
入って行かれる
過去へも　未来へも
犬が呼んでいるところならどこへでも
死んだ人は強い
強いよ
誰かと電話中の守衛がきっとそんなことを言っている
星を操るのは犬とあたしだ
クリスマスの半年も前なのに

青いイルミネーションライトが
無人の検査室を照らしている
久しぶり
とあたしは言った
親族を診ていた担当医の名は
もう外来のパネルにはない
生まれはどちらですか

標的

まとうものもなく
光は流れ出していた
青春の悲しい碑をブンブンと行き交う
影の影である虫の羽音が
光に恐ろしい曳航を求めた
——夜が荷を降ろす前に　仕留めるのだ

顔面の半分を憂愁が覆い

あばら骨が惑いに鳴った
ジェンダーを売り渡すもよし
自死もよし
だが
それよりも恐ろしい行為のひずみが求められた
太陽光の透過率九十五パーセントのアイグラスが
何ごともなく機能した

生の錘がはずれ
今も光の流出が続く
存在を侮った者は罰を受ける
ナウマン象の骨の後光が定めたことかもしれなかった
断種の痛みに虫たちが乱舞する

——だめだったのか?
——だめだった
——もうゆくのか?
——もうゆく
虫たちが短い言葉を交わす

標的を免れたものが一人いた
わざとはずされたのだった
それが獄の涙と呼ばれる現象だ

明日の朝盛夏の最中に
冬が燃え上がるだろう
パチパチと
パチパチと

黒い煙を上げて燃え上がるだろう

遊撃

そう　そのようにして　伝令が走った――街が燃えます
朝食を中断し　わたしたちは窓を開け　たなびく白い雲の彼方に　火の色に染まる街を夢想した
何事もなく　ファーザーたちとマザーたちはティーカップの端で卵を割った
いつでも荷をからげ闘争する用意はあったが　あと一日　あと一日　とわたしはファーザーたちとマザーたちと食事を重ねているのだった
秩序が　重い秩序が　既にわたしの胸を空洞にしているというのに

このためらいは何なのか
お願いです　自由を下さい　わたしは人間の奴隷ではありません
姦淫する者の額に震えを　うそぶく者のまなこに権威を　見てはいけない

そう　そのようにして　伝令が走った――街が燃えます

厳かに　スパイクのような白い歯で　ミートパイを噛み切る者たちよ
遠くの火は関係ないですか　生(なま)のラディッシュの硬さほどにしか　もしかして関係ないのですか
流産し続けたために疲れ切った母がいた　血溜まりを愛しすぎないように泣いていた
伝令が次に来たときこそ　地震が起きたかのようにわたしは発つだろう
取るものも取り敢えず　それしかないのだ
わたしは伸びすぎた手の爪に食い込む土を　悲壮に愛したかった
とにかく行きます

とわたしは床の冷たさの上で叫んでいた
横揺れであろうと　縦揺れであろうと　チャンスは一度
でなければわたしは粛清されてしまうはずだから
とあるマザーに　とあるファーザーに
あるいはもっと日和見な者たちに

そう　そのようにして　伝令が走った――街が…

晴天

わたしたちは　あてどなく　川を下っていたのではない
確かにどこかに向かっていたのだった
川は広く　深く　わたしたちは　透明な気体のようなものになりながら
それでいて　胸まで水につかり
泳ぐでもなく　歩くでもなく　川の中だった
信じがたいことを信じたかった　生まれ出た日のように
明るみを求めるでもなく　拒むでもなく
苦役を終えた咎人のように

陽の光の中にただ身体を溶かしてゆきたかった
この世のものとあの世のもののいさかいのしるしがあった
それは沈むことなく　川面に油として浮いていた
見れば　いたるところに浮いていた
けれどもわたしたちは　そのいさかいとは無関係なのだった
もう　もうよそう
互いに痛みが天を裂くまで引っぱりあうのは
ひきちぎられたわたしたちの意志が
美しい桃色の魚になるのかもしれないが
その魚は哀れではないか　とわたしたちは思った
川下には　わたしたちの家があり
わたしたちを出迎えるだろう
もしも　わたしたちが　その家に向かって生きているならば
だが果たしてそうだろうか

川は尽きるということがなく
わたしたちは流され続けてゆくのかもしれない
わたしたち　互いに顔を見合うことのない
わたしたち　互いに確かめ合うことのない
同胞は
そのときわたしは何をしたのだろうか
川の中央で　指先に力を込め
わたしは　わたしにそっくりな女の人を　ぎゅっと　水の中に押し込んだ
わたしは　わたしの水の影を踏みつけた
わたしは　川上に帰ろうと思った
まだ川の水にはなれません
情けないことにわたしは
骨が重いのです
水音はしないまま川はあり

わたしは　今日の川岸に立っている

遥か

地を光が這い
風が這い
木々が薙ぎ倒されると
大切なものが失われた
それを見ていたものの
心に枝が生え
枝が心を破ると
枝々は囁いた

少しだけ間に合わないかもしれない
少しだけ遠すぎるかもしれない

やがて恩寵のように
さやかなオレンジ色の月が昇ると
心から突き出た枝々は
互いをこすり合わせ
不気味な音を立てて
記憶の風を脱ぐ
十六枚　八十二枚　百六十八枚
脱ぐたびに
悲しみが飛散し
悲しみが笑う
ハルモニアという名で

この地が眠るのはいつだろう

意志は影をまとっても
深く流れる
きっとこの地は眠らない
心を突き出た枝々が
火にくべられても
くべられても
激しい心音を
刻み続けてゆくだろう

白いもの

囁く犬がそこにいた
生暖かい風が吹いていて
悲しい調べの口笛も聞こえていた
どこかで逢っていたのだろうか　この犬と
しきりと考えるのだが
思い出せない
囁く言葉は丁重な日本語で
落としたボタンのような目が

くりくりとわたしの秘密を探っていた
見せないもん　これはわたしの宝だから
そう言おうとしたが
こちらが人間の言葉を話せなかった

血の海であなたと別れました
ごめんなさい
血の海であなたの手を離しました
ごめんなさい
どうしても眠ることができず
わたしは泣く
犬が　囁く犬が
もうその声は聞き取れず
犬歯だけが光るのだけれど

わたしに一生懸命何かを伝えていた
こんな非常時に
犬はまたしても
囁いているではないか

わたしには故郷(ふるさと)はもうありません

跛行

羽の生えた緑の馬が
雪原を走る
眠る故郷に
雪が降る
夏が来るというのに
この雪は何の明かりか
しきりと考えるのだが
思考がめぐらない

半死半生の巨人を
蟻の大群が
丁寧に介抱していた冬
台所で見ていたわたしは
時というものの
数え方を知った
削られてゆく命の
無数の
影の衛兵が
心をむしり取ってゆく過程
巨人の時間は
終わったか
未来にも
めぐるか

巨人の生を
眺めていた
棘を引き抜くことばかり考えていたわたしは
それから何年も経って
馬に乗った
引き抜けなかったから
馬に乗ったのだと思う
馬に羽が生えていることを
知らなかった
地上七メートルぐらいのところを
走り続けていると
故郷の眠りが解けて動き出す
口を開けた老若男女が
わたしに何ごとか呼びかけているらしいことが

わかったが
馬を止めることは
できなかった
行きたくなかったのでもなく
行きたかったのでもなく
馬の羽が
わたしの命の光を
あまりに早く分解し続けていたので
わたしの脳を
羽が先行していた

〈笑いなさい
いつも
嘘のように

光の裏切りのように
いつでもおまえは
目を守ってさえいればいい〉
と亡き父なら言うだろう

ゆずり葉がこぼれるように
故郷がほどけていった
〈〈あなたは亡命したのですか
　無産者階級として〉〉
故郷の顔の一つが
そう言ったかもしれない

〈笑いなさい
いつも

嘘のように
光の裏切りのように
いつでもおまえは
目を守ってさえいればいい〉
と亡き祖父なら言うだろう

羽の動きのすばやさが
さえざえと
わたしの心の極北の
希望のゆくえをなびかせる
生まれる前の命を
差し出すわけにはゆかない
生まれてからの命も
尊いものだった

光にのみ
わたしはこの身を捧げてもいいと思った
羽の生えた緑の馬が
雪原を走る

始原

二度と見ることのないと思っていた
アーチが見える
死にかけているからだろうか
鉄錆色の
忌わしいあのアーチのことを
夜が覚えているなんて
なぜか泣き入る者の声は聞こえず
柩は運ばれ

生還する者もあそこをくぐっていった
ハイエナたちはどうしただろう
真夜中の出入りを
息遣いで見張っていた
あのハイエナたちは
また近づいて来るのだろうか

声を　声を
返して下さい

タワーの最上階で縮んでいった
脳があった
あのとき運んだ声は誰の者だったのか
ハイエナは優しく

鼓動の終息を手伝った
塩になった聖母子を
眺めている夜が滴る
もう一度胃壁の下へ
下部へ　下部へ
熱と頭痛が
誰かの良心の恥じらいを捜している
下部へ　下部へ
降りて行くなら夜と一緒だ
終わらない冬を灯火に変えて
声を捜しにゆかなくては
ハイエナよ　来たれ

冬　ひらく

約束が剝がれてゆくときの
燃える痛みをこらえて
空が青い

寒かった　ただ寒かった
あの日々の
非常口を開けておく

行き交う車も歩行者も
つながれた犬でさえ
見上げることを忘れていた雲の果て
いつか昔の雲の果て

オペレータールームに座り続けた
頭脳の日射しがゆっくりと羽になる
降り積もり　降り積もり
時間の溜まり場で
指先の芯まで冷える午後だった

（人の心を覗いてはいけません
みんな怪我をしているのです）

おもむろに白いシーツを運ぶストレッチャー
そのキーキー音を忘れまい
情の通わぬ人たちの
重い鉛の廊下を抜けて
シーツの下の塊を
肉体という塊を
運び切るのがわたしの仕事

青い　青い　空の
澄みすぎたその静かさを
芥子の花畑まで連れてゆく
あの世かこの世か知らないが
忘却の　震えの　笑いの　咲きほこる
芥子のそよぎまで連れてゆく

（泣けない人の傍らを
通り過ぎてはいけません
みんな怪我をしているのです）

喪の水も
明日への水路も凍る頃
門付けのように
冬　ひらく

Ⅱ

娑婆

犬が闘うのをじっと見ていた
六頭が五頭に
五頭が四頭に
四頭が二頭に
二頭が○・五頭になったとき
メダルをかけてやるつもりだった
ヘッドと名付けて
こんな遊びをいつ覚えたか

Ⅱ

娑婆

犬が闘うのをじっと見ていた
六頭が五頭に
五頭が四頭に
四頭が二頭に
二頭が◯・五頭になったとき
メダルをかけてやるつもりだった
ヘッドと名付けて
こんな遊びをいつ覚えたか

記憶を凍死させたときからだ　多分
命令が下ったあのときからだ
返還訴訟に勝つ
それがわたしたちに課された偉大な使命だった
何を奪い返すのかわからぬまま
わたしたちはどん底のどん底の作り方を学んでいった
犬になれ
犬になる
犬を生きる
言い方がいろいろあったが
要は星を一つ一つ夜空から消すことだったのかもしれない
夜空の芯で別れを刻む日々
大志のため犬になったものだけが生き残った
肉の噛み切り方を覚え

血の澱みを団結の証だと信じて
空に哭いた
そしてわたしは脱走した
それは選択ではなく必然だった
魂と肉がそのとき離れた
奢れる者よ　制裁が待っているぞ
わたしたちが選んだ○・三頭のヘッドが叫んだ
わたしは目を閉じた
（幾分でもわたしを生きてみたいのです
　まだ肉が残っているなら）
わたしが目指したのが
娑婆と呼ばれる記憶の原野だ
そこでも星は見えづらかった
○・二頭に嚙み切られた首筋の

血糊ばかりを嘗めていた
冬が来た
なかなか終わらない冬が続く
早朝　神のような者を見咎めた
星を数えられないのは
おまえが疲れているからではないのか
それは太い柱の声だった

小笛記

明かりの足らないところに
明かりを足しにゆく仕事をしていました
その仕事のせいで
火傷を致しますので
素足では生きられませんでした
養い親はとても優しく
ときにこわいこともありましたが
その裏切りの精妙な味にも

溺れながら甘えておりました
白百合のマイハートでいなさい
いつもそんなことを言っておりましたっけ
この養い親はわたくしの正体を
見抜いていたのかもしれませんが
お互いに後ろ暗いところがあれば
見て見ぬふりをしようじゃないか
と言ってくれているようでした
こんな愛もあるのだと思うようになりました
地獄を流れる川も天国を流れる川も
流れをつくるものは
熱き人の意志ぞ
と言っているようでした
意志は変えようがないではないか

ということでしょうか
意志の暗がりに喉笛を切り
わたくしも何度も声を立てずに泣きました
そんなときはつとめて
明かりを足しにゆきました
足しすぎだぞと言われることもありましたが
追っ手のかかる身なので
他に生きる術がなかったのです
喉笛は奪い取られたわけではない
傷はやがてつく
ということをわたくしに教え続けたのも
この養い親でした
さてある日突然に
成人したわたくしは

小笛と名乗ることになりました
養い親の笑顔が辛かったので
火傷の具合や喉笛の傷の具合を
たえず確かめていた鏡を割りました
鏡は破片になっても
わたくしが小笛になるまでの出来事を
いつまでも覚えているでしょう
それはせめてものことだと
わたくしには思え
破片を夏の川に流しておきました

バイアスチェック

テリトリーの外で待っていろと言ったのに　何で中に入ったんだ
と怒られ続けた
冬の雨が身体中を冷たく洗っていった
そこから　あたしの記憶は立ち上がる

真昼は雲雀の殺害時間
二十羽まとめて手にかける

暗号名Ｗ　あるいはＷ・Ｃ
手負いの人間はどんな仕事でも引き受ける

人を裏切ることを平気でする男たちのなかで育った
やられても　かなしくなんかない
と自分を愛撫した
あたしは女じゃないといつからか知った

夜明けは雲雀を啼かせて仮眠する
暗号名Ｄ
母の顔を忘れ
父の顔はもともとなかった

優しさは身体じゅうで分け与えるものではない
街角で人の落とし物を拾ってすらやれない人間の
良心の痛みが
優しさに化けるのだと考える

皮下出血の男のそばに蹲る
嘘だらけの　司法取引を繰り返してきた男の
捨てたポリシーがいとおしかった
多分汚れてゆくことを清潔にくい止められると夢想した

真実はたったひとつでいい
けんちん汁から湯気が上がる
おいしくないものをおいしいということ
市街地の高層ビルの窓から　なぜか朱い星空が見えている

紫

なぶられた者の
決起の声がこだまする
紫色の夜明け
紫は殴打された者の痣の色だと知っていたか
さやかな脈打つ命の群れが
影絵のように揺れていた
何事かのために願い信ずる者の結束よ
その信じがたい脆さの兆しよ

「集会所を襲うには
　花を壊すところから始めれば
　簡単だ」
と教え諭したのは誰の声であったのか
その声に従い
息を詰め
ひたすら生き延びるために
魂を溶解させながら
花を襲った

花が血まみれだ

花が組織の壁に叩きつけられてゆく

その花の名を
紫陽花と言うことを
僕は忘れない
さようなら
僕の清純
僕の孤立の生爪
花の涙を舌に畳んで
僕は夜を牽引する
せめて花の屍に生の証を捧げるべく
僕はいつの日も夜を洗い続ける

樹間戦争の頃

卵の殻の中からでさえ
聞きつけることができた
生存の傷を深めあう音を
鳥影は夢の中でさえ
雄々しくなど空を飛ばなかった
強風に降りしきるゆずり葉が
血の雨を吸い込んで
あらゆる行為の無意味の意味を問いかけた

争うものの思想の吃音が
羽毛をけたたましく散らすたび
殻が割れるのではないかとおびえ続けた
わたくしを産んだ親鳥はどこへ行ったのか
わたくしを閉ざさないで
と願い続けることで
かろうじて時の滴に守られていたような気がする
投げ込まれる殺意の渦に目を閉じ
細胞を破砕するのは鳥ではない
樹間戦争という鳥族を操る幻覚だ
と言い聞かせた
わたくしはもともと鳥の卵ではなく
鳥以前の卵ではなかったかと思案する
羽を持たない他の種族の卵ではなかったかと

それでも星に呼ばれて
鳥と鳥のひしめくいがみ合いの中
わたくしは生まれ出ようとしていた
他の生を選べなかった
わたくしが鳥であっても
なくても
わたくしは今空に放たれるしかない
空が怖い
まだ見ぬ空の薄闇が怖い
りり
りりりりり
りり
りり
りりりりりり

りり
わたくしの不確かな存在証明が
大気を震わせて編まれていった
鳥語を喋れないだろう
啼けないだろう
それでも樹間戦争が終わるまで
生きなくてはいけない
りり
りりりりりり
りり
りり
りりりりりり
りり

雪に引かれて

遠い橋の先で
あの子と別れた
優しい、人の影を見ない子だった
影にまとわりつくものを
見えていても見ない子だった

雪が地上の不浄を吸い上げ
晴れ間の日の光と白さを競う

その輝きがあの子の無垢を増しますように

溶けてゆく雪道に
また雪は降り
あの子は蛇の目傘を深々とさして
渡ってゆくだろう

星が割れるときは
地鳴りがするから
近づかぬように

そんな言い伝えを
あの子とわたしは
じっと聴いて育った

地鳴りのそばに留(とど)まったわたしは
もうあの子に逢うことはないだろう

グロテスクな牛の死骸を
踏んで歩いたね
その目を覗き見たわたし
覗き見なかったあの子
星が割れたら世界は良くなる
そう信じ続けるわたしは
橋を渡る資格をなくしてしまった

あの子が雪に引かれて
帰ってゆく国よ
その無知な

色を失った故郷よ
雪が降り続きますように
死んだ牛を起こして
闘うと言ったかもしれない
兄のしゃれこうべの上にも
あの子の上にも

Ⅲ

第十八棟

気圧の針が冬を溶かしていた
言葉は要りません
ただ　査定するのはやめていただけませんか
と言いたかったわたしは多分脱走し
腕時計の秒針の音だけを頼りにそこにいた
第十八棟
未来ではなく過去をわたしは捜しに行ったのかもしれなかった
脳裏を幾度も焼かれたために記憶を喪失した人々の部屋に

エンジェルになるために寝かされている人々の部屋に
窓の外は常緑樹のさざめく揺曳が美しかった
地の底まで降りてゆく無菌の静寂が続く
崇高なものは降り立つ時を告げはしない
皺と潤んだ瞳に近親者の面影を見たかったが
似通う人はいなかった
旅立ちが近づく人々から
わたし自身の裂けかけた翼を縫合してもらうことを期待したが
それは叶うはずもないことだった
無力な者が無力な者たちと向き合った
それでもたそがれてゆく時の照射の中で
光の声をわたしは聞いた
〈わたしたちほどになるまでは
　翼で飛ぶのはやめたがよい〉

誰の顔もはっきりとは見返さず
わたしはドアを閉めた
光の声に泣きながら
わたしは黙ってその声を拒絶した

帰郷

銀河が震える冬だった
星一つ拾って産業道路に立ち尽くす
閑散とした深夜の中央分離帯
乗り上げる車もなく
瀕死の親族を運んだ
救急車のサイレン音だけが
鼓膜の底で生きていた
土地も眠り人も眠り

清掃車が一台
黄色いランプを照らして
走行する
この道はこれからも人の意志を運ぶだろう
心急く人の希望と苦難を運ぶだろう
無言で排気ガスにむせながら
ずっとずっと
この道に
わたしの翼を置いてゆく
失われたわたしの愛の形を置いてゆく
道が黎明の沸騰を開始するまでに
まだ時があった
わたしは堅い堅いアスファルトに膝を折る
限られた時間　道自身となるために

四月の死角

板の間の隅を這う
見たことのない小虫の
精一杯の生の営為が
チロチロと燃える
上空を行く飛行機の
通過音の下

チロチロのチを

わたしにください
チだけでよいですから
わたしにください

小虫がやがてひらく
眠りの戸を
わたしも捜す
戸はあるのか
ないのか
それすらもわからず
もしもひらくならそれは
地球を脱出する
宇宙港であるに違いないと
夢見て

小虫を見失ってしまった

二〇〇三年の十一月まで
療養型病床群の片隅で
蠟細工のように
手を組み合わせていた
祖母の寝顔よ
あなたの尊顔は
家に戻られても
旅立たれても
今も宇宙港に向けて
首をずり落としたまま
あの病床群の中に
残っているのではないですか

チロチロと
火の気のない薄闇の中に
灯っていましたね
そのように
かそけきものの絶対の強さで
燃えあがる力が
今のわたしにはありません

チロチロのチを
わたしに貸していただけませんか
小虫よ
祖母の寝顔よ
ひんやりとした土の香の
あまりにあふれる荘厳よ

遠景

サンクチュアリの窓辺から
尖塔が見え
尖塔を上下に行き交うエレベーターの在りかを
光の点滅が告げていた日
窓いっぱいに溢れる光は
明日を受胎していた
重症患者の瞼には
それは眩しすぎたので

誰かが幕を下ろした

トリアージュ　選別

すべてを生かすことはできないので
生かせる命を守らなくてはいけない
ということ

サンクチュアリの精霊たちの唱える
掟である
その掟から外れる者は
するすると階段を降ろされる

黒いコートで喪を纏い

春を渡ってなんになっただろう
いつものように緑のコートを着て
街を歩いた

答えを授からないように
それは新緑の中
誰にも知られずに答えが育つように
芽吹きの膨らみの知恵に見守られて

わかっています
何もかも埋葬されたことは

けれどもあの日々
苦い水ばかり飲んでいたことを

いつかは苦くなくなる
と言ってくれた人のことを
忘れることはありません

答えは宙吊りになっている

あの尖塔の見える建物のことを
思い出すだけで
緑が伸びてゆく
サンクチュアリの
断裁機の孤独を突き抜けて
密やかなもののために
伸びてゆく

泣かないで下さい
笑うことは無理だとしても
答えは宙吊りになっている
裂かれるまで
緑の深みへ

定点

光が幾筋にも折れて
森の揺曳を司る
風の飛行を
鳥族だけが待っていた

放たれればいつかは墜ちる
それが怖ければ留(とど)まるべきなのだ
時は生あるもののすべての中にあり
外在するものではない

物憂げに石が囁く
様々な無念と祈りを呑み込んで
石は大抵眠っていた

その石を
墓石と呼ぶことを知らない子供が
空を遊んでいる
千切れ雲さえ浮かんでいない
突き抜けるような空を
静かに瞳で遊んでいる

春はまだ青く
空の先に凍っていた

シリカゲル

西瓜にも　キャベツにも
冒瀆された人生だった
それでも義手と義足に育てられ
赤いと信じた服を着る
ブレスレットも　ブラジャーもなく
素肌にそれだけをつけてみる
そういう朝が　あったなら
喪のすべてを断ち切って

晴雨兼用の傘をさし
ルオーのキリストの涙まで
あたしを渡ってゆくだろう
午前十時か　十一時に

愛は恥辱によって報われ
呰は二度と使えぬ
それでもよければここを発とう
とかつて男は言ったのだ
やつれたその男の面ざしを
目の中に納めよ
ひたすら納めよ
そしてベルベットの
約束の布をかけたがよいぞ

男は死んだのだ
祖父のように
父のように
祖母のように
あるいは　何者でもない者として

あたしはうつむき　嘔吐する
デンドロビウムの水やりを忘れた
夏の日の午後の
そのゆかしき不実の味を
思い出してしまうから
きっと思い出してしまうから
劫火のようには　日は射さず
祈りのごとく　梅雨は閉じ

アームチェアーを捨てたのさ
愛用のブランケットと一緒にね
一本の茎になれるなら
確かに男は死んだから
赤いと信じた服を着る
本当は黒くても
信じた色の服を着る…

＊シリカゲル＝珪酸のゲルで無色ないし白色の固体。ガスや水に対する吸着力が強く、乾燥剤などに用いる。

軌道

風に色がついている
ステンドグラスでも見たことのない色だ
色は交差し合って悲鳴をあげる
〈愛しているよ〉
〈さよなら〉
〈またどこかで〉
〈もう逢えない〉
〈あなたを赦さない〉
いろんな声が混じり合い

グランドキャニオンを流れる風になる
臨終の床を窓越しにたたく風になる
風の渡し場で
行く先の道を気遣って思案している人がいる
迷えばいい
とにかく出掛けたら？
雨期
泥混じりの道のぬかるみが
あの文字を奏でて
どこかで待っているはずだから
止まれ
そのように風は色を畳みかけ
道にしるべを作るのだ
止まれ

それまでは誰も止まることなどないのだから
季節がゆっくりと降りてきた
大気の重みを風が支え
今日の色になる
ネイビーブルーからパープルへ
パープルからバイオレットへと
風が色を重ねる
わたしが重いなら
わたしをさらう風になって下さい
そう呟きながら風の渡し場を通過した
祈りが凍り
涙が熱砂のように
渡し場の犬の背を
撫でていた

半世紀前にも
この犬はきっと渡し場で
わたしに似た人を目撃しただろう
その犬の名は
ピスとかバルであったかもしれない
風を避けることなど
できません
風の色を選ぶことなど
できません
わたしにできるのは
風に命をあげることしかありません
だから　今日の犬の背を撫でる
痛い　と犬は言った

空を向く

新緑の黄緑が好きです
とわたしは言った
早朝の曇り空は
どこまでもわだかまっていたが
果ての見えない
光を透かさない白さが
贖いえない
人の行為の値であるのかもしれなかった

信じていいですか

まだ地球の哀しみを感じることのできるわたしは
今度は声を出さずに問いかけた

歩きは時間を通り抜け
わたしとその人の身体を通り抜け
蔑まれたものの
硬い甲羅のなかを
静かに通過した

未来の子供たちのためだとは言いません
わたしたちは

今を押し流してゆくものに
火をかけたいだけなのではないでしょうか
誠実な誠実な太陽の子は死にました
干し草のように
わたしはもはや
火を広げるためだけにあるのです

道の両側の家々は
音を立てなかった
そこに営まれている
幸せの　不幸せの
密やかな歴史を
吐く息ではねつけながら
わたしたちは

レインコートの襟を立てて
どこかの目的地に向かっていた
本当の愛を埋めにゆくのだ
今度こそ
そう思いたかった

初出一覧

Ⅰ

夜勤　「交野が原」七十三号、二〇一二年九月（一部改稿）
標的　「交野が原」六十九号、二〇一〇年九月
遊撃　「現代詩手帖」二〇〇九年九月号
晴天　「庭園詞華集　二〇一〇」二〇一〇年四月
遥か　「イリプスⅡnd」九号、二〇一二年五月
白いもの　「イリプスⅡnd」四号、二〇〇九年十一月
跛行　「ウルトラ」十四号、二〇一一年八月
始原　「ミて」一一八号、二〇一二年春号
冬　ひらく　「詩歌梁山泊～三詩型交流企画」公式サイト「詩客」、二〇一二年一月二十日号（一部改稿）

Ⅱ

娑婆　「紙子」十八号、二〇一〇年五月（一部改稿）
小笛記　「イリプスⅡnd」六号、二〇一〇年十一月
バイアスチェック　「ガニメデ」五十七号、二〇一三年四月
紫　『アンソロジー　花音二〇一三』（歩行社）二〇一三年十一月

樹間戦争の頃　「something 15」二〇一二年六月

雪に引かれて　「六本木詩人会」二〇一二年一月

III

第十八棟　「抒情文芸」一三七号、二〇一一年一月（一部改稿）

帰郷　「ガニメデ」四十五号、二〇〇九年四月（一部改稿）

四月の死角　「ウルトラ」十三号、二〇〇九年九月

遠景　「詩歌梁山泊～三詩型交流企画」公式サイト「詩客」、二〇一三年四月五日号（原題「サイロ」）

定点　「交野が原」六十八号、二〇一〇年四月

シリカゲル　「ガニメデ」三十四号、二〇〇五年八月

軌道　「ガニメデ」四十九号、二〇一〇年八月

空を向く　「詩歌梁山泊～三詩型交流企画」公式サイト「詩客」、二〇一二年十一月三十日号

ルオーのキリストの涙まで

著者
渡辺めぐみ
発行者
小田久郎
発行所
株式会社 思潮社
〒一六二―〇八四二　東京都新宿区市谷砂土原町三―十五
電話〇三（三二六七）八一五三（営業）・八一四一（編集）
ＦＡＸ〇三（三二六七）八一四二
印刷所
創栄図書印刷株式会社
製本所
小高製本工業株式会社
発行日
二〇一四年七月二十五日